AF588814

8 Mai 1908

Collection de M. P. M[ERSCH]

TABLEAUX ANCIENS

PARIS — 1908

CATALOGUE

DES

TABLEAUX ANCIENS

par

ADRIAENSENS, BEECHEY, VAN BEYEREN, BONINGTON, BOUCHER, BOURSSE, BRAUWER, BREKELENKAM, B. DE BRUYN, CANALETTO, CONSTABLE, GÉRARD DAVID, CRANACH, EISEN, J. FYT, VAN DER GOES, GOYA, JEAN VAN GOYEN, GUARDI, HÉDA, ISENBRANT, JORDAENS, KALF, N. DE LARGILLIÈRE, SIR THOMAS LAWRENCE, LÉPICIÉ, N. MAAS, J. DE MABUSE, A. MORO, VAN DER NEER, OCHTERVELT, PATER, RAVESTEIN, RIGAUD, HUBERT ROBERT, JACQUES ET SALOMON RUISDAEL, SCHALL, JEAN STEEN, D. TENIERS, TIEPOLO, TOCQUÉ, CARLE ET LOUIS-MICHEL VAN LOO, W. VAN DER VELDE, VESPRONCK, CORNÉLIS DE VOS, ETC., ETC.

ŒUVRES IMPORTANTES DES

ÉCOLES FLAMANDE, FRANÇAISE ET HOLLANDAISE

DES XVIIe ET XVIIIe SIÈCLES

PRIMITIFS DU XVe SIÈCLE

Composant la Collection de M. P. M[ERSCH]

ET DONT LA VENTE AURA LIEU A PARIS

HOTEL DROUOT, SALLES N°s 7 ET 8

Le Vendredi 8 Mai 1908

à deux heures

COMMISSAIRE-PRISEUR

Me HENRI BAUDOIN

Successeur de Me Paul CHEVALLIER

10, rue Grange-Batelière

EXPERT

M. JULES FÉRAL

7, rue Saint-Georges

PARIS

EXPOSITIONS

PARTICULIÈRE : Le Mercredi 6 Mai 1908. . . . . . . } *De 2 heures*

PUBLIQUE : Le Jeudi 7 Mai 1908. . . . . } *à 6 heures.*

ENTRÉE PAR LA RUE DE LA GRANGE-BATELIÈRE

CONDITIONS DE LA VENTE

Elle sera faite au comptant.

Les adjudicataires paieront *dix pour cent* en sus des enchères.

Paris. - Imprimerie de l'Art, Ch. Berger et Cie, 41, rue de la Victoire.

DÉSIGNATION

TABLEAUX ANCIENS

ÉCOLE ANGLAISE

BEECHEY

(GUILLAUME)

(BURFORD, 1753-1839)

1 — *La Femme au chien.*

Assise dans la campagne et accoudée sur un tertre, le visage souriant, un chapeau de paille serré sur la tête par un ruban rose, elle porte une robe de gaze décolletée, laissant les bras nus, avec une écharpe rouge. A droite, un chien.

Toile. Haut., 74 cent.; larg., 62 cent.

Cadre en bois sculpté.

BONINGTON

(RICHARD-PARKES)

(ARNOLD, 1801-1828)

2 — *Une Procession sur le quai des Esclavons, à Venise.*

Des religieux, portant des bannières et des cierges, défilent en procession devant le palais des Doges. Au premier plan, sur le quai, des marchands ambulants ont installé leurs tables. Un jeune garçon, agenouillé dans un bateau, regarde passer la procession. Des navires sont amarrés près de la Piazetta. Dans le fond, on aperçoit l'église de la Salute.

Important tableau, signé et daté : *1827*.

Toile. Haut., 1 m. 14 cent.; larg., 1 m. 62 cent.

BONINGTON

(RICHARD-PARKES)

3 — *Plage à marée basse.*

Une charrette, attelée de trois chevaux, est conduite par un homme coiffé d'une toque rouge. Au premier plan, une pêcheuse et un cheval chargé d'un bât. A droite, une bouée; au large, des bateaux à voiles.

Toile. Haut., 35 cent.; larg., 50 cent.

CONSTABLE

(JOHN)

(EAST-BERGHOLT, 1776-1837)

4 — *Etude de Paysage.*

Des Bohémiens sont campés au premier plan, près d'un tronc d'arbre. Plus loin, un chaland sur un cours d'eau et les maisons d'un village. Dans le fond, une vallée s'étendant à l'horizon sous un ciel orageux.

Toile. Haut., 54 cent.; larg., 94 cent.

CONSTABLE

(JOHN)

5 — *The Glebe Farm.*

Des bâtiments de tuiles sont entourés d'arbres. Au centre, sur une route, deux femmes et des animaux.

Esquisse.

Toile. Haut., 45 cent.; larg., 63 cent.

LAWRENCE

(SIR THOMAS)

(BRISTOL, 1769-1730)

6 — *Mrs Richardson et ses enfants.*

En robe de velours bleu laissant les bras nus, une ruche de mousseline autour du cou, la jeune jemme est assise sur une terrasse, tenant
1.000 dans ses bras deux enfants en bonnet assis sur ses genoux et une fillette debout serrée contre elle. Une autre fillette au visage souriant s'appuie sur les épaules de sa mère. Un rideau vert, doublé de soie rose et drapé sur un pilastre entoure un vase pompéien.

Fond de paysage.

Toile. Haut., 1 m. 25 cent.; larg., 1 mètre.

Cadre en bois sculpté.

(*Collection Henri Fontescue.*)

(*Collection Hollanby Young.*)

LAWRENCE

(SIR THOMAS)

7 — *Lady Grey et ses deux filles.*

La jeune femme, vêtue d'une robe de velours noir, est assise sur un divan ; une fillette en robe de mousseline blanche, montée sur un coussin et debout derrière elle, entoure de ses deux bras le cou de sa mère. Une autre petite fille, portant un collier de corail, est assise à gauche. Fond de parc.

Etude pour un tableau de grandeur nature.

Bois. Haut., 49 cent.; larg., 37 cent.

Gravé par Samuel Cousin.

MORLAND

(ATTRIBUÉ A GEORGES)

8 — *La Ferme.*

Un bâtiment couvert de chaume est entouré à droite d'une palissade; près d'un arbre mort, deux chevaux au repos et des porcs.

A gauche, un homme puise de l'eau, une femme porte un seau.

Toile. Haut., 46 cent.; larg., 64 cent.

OPIE

(Attribué a JOHN)

9 — *Portraits présumés de la famille Eglinton.*

Une jeune femme en robe rouge, un fichu blanc sur les épaules, coiffée d'une capeline de mousseline sur ses cheveux poudrés, est assise à gauche, accoudée sur un petit guéridon.

A droite, une fillette en blanc, aux cheveux roux bouclés, est assise sur une table, ayant auprès d'elle un petit chien à longs poils.

Au second plan, un jeune homme debout, en habit vert, boutonné sur la poitrine.

Toile. Haut., 1 m. 40 cent.; larg., 1 m. 10 cent.

Cadre en bois sculpté.

REYNOLDS

(Attribué a SIR JOSHUA)

10 — *Portrait de Miss Starkie.*

Assise, le bras droit accoudé sur un genou, la tête appuyée sur la main, elle tient un livre entr'ouvert. Les cheveux châtains sont relevés sur le front, une écharpe rouge est drapée sur sa robe de gaze serrée à la taille par une ceinture bleue et ornée d'une rose au corsage.

Fond de paysage avec ciel nuageux.

Toile. Haut., 75 cent.; larg., 62 cent.

REYNOLDS

(Attribué a SIR JOSHUA)

11 — *Portrait du capitaine Blomfield.*

En buste, la tête tournée vers la gauche, les cheveux relevés et poudrés, une cravate de mousseline autour du cou, les épaules légèrement indiquées, à l'état d'esquisse.

Toile de forme ovale.

Haut., 64 cent.; larg., 51 cent,

ÉCOLE ANGLAISE

(xviiie siècle)

12 — *Portrait de Mr Brown of Tallentrie.*

A mi-corps, les cheveux bouclés et poudrés, il porte un habit marron, à boutons de strass, ouvert sur un gilet blanc.

Fond de paysage.

Toile. Haut., 74 cent.; larg., 62 cent.

ÉCOLES ALLEMANDE
FLAMANDE ET HOLLANDAISE

ADRIAENSSENS

(ALEXANDRE)

(ANVERS, 1587-1661)

13 — *Le Plat d'huîtres.*

Des huîtres sur un plat d'étain, une cafetière d'argent, un verre de vin, un citron, un pain entamé, sur une table couverte d'un tapis vert et d'une nappe blanche.

Toile. Haut., 60 cent.; larg., 54 cent.

BEYEREN

(ABRAHAM VAN)

(LA HAYE, 1620-1674)

14 — *Le Compotier de citrons.*

Il est posé sur un mortier de bronze, près de grappes de raisin réunie sur une table couverte d'un tapis rouge.

Signé à gauche du monogramme.

Toile. Haut., 49 cent.; larg., 61 cent.

BEYEREN

(ABRAHAM VAN)

15 — *Etal de poissons.*

Des poissons sont posés dans un panier et sur une table, près d'un seau de bois.

Signé à droite du monogramme et daté : *1657*.

Toile. Haut., 60 cent.; larg., 85 cent.

BOURSSE

(ESÉAS)

(AMSTERDAM, 1631-1672)

16 — *Le Benedicite.*

Un villageois est assis à une table couverte d'une nappe blanche, tenant son chapeau sur la poitrine, les yeux baissés. Un jeune garçon debout, vu de profil, récite avec lui le *Benedicite*. A gauche, un coussin sur une chaise et un réchaud sous un tabouret. A droite, et vers le fond, un berceau d'osier devant une haute cheminée.

Signé du monogramme.

Précieux tableau.

Toile. Haut., 58 cent.; larg., 46 cent.

Cadre en bois sculpté.

BRAUWER

(ADRIEN)

(AUDENARDE, 1608-1638)

17 — *Le Fumeur.*

Assis sur un tabouret de bois et accoudé sur une table, la tête renversée sur l'épaule, tenant à la main sa pipe en terre, il porte une veste violacée et une calotte rouge.

Au premier plan, un chapeau de feutre et un tabouret. Dans le fond, une haute cheminée.

Signé du monogramme.

Bois. Haut., 32 cent.; larg., 25 cent.

Cadre en bois sculpté.

BREKELENKAM

(QUIRYN VAN)

(SWAMMERDEN, 1620-1668)

18 — *Le Sabotier.*

Il est assis dans son atelier, coiffé d'une toque bordée de fourrure et allumant sa pipe à un réchaud. Ses outils sont réunis sur une table de bois devant une fenêtre ou accrochés contre le mur.

A droite, une femme épluchant des carottes et des ustensiles de ménage posés à terre.

Signé à gauche du monogramme.

Bois. Haut., 46 cent.; larg., 64 cent.

Cadre en bois sculpté.

BREKELENKAM

(QUIRYN VAN)

19 — *Le Retour de l'école.*

Une villageoise, assise dans un intérieur près d'un rouet, examine la tête d'un petit garçon qui a posé à terre son pupitre et ses livres de classe.

A droite, une fillette debout près d'une table servie.

Bois. Haut., 68 cent.; larg., 90 cent.

Cadre en bois sculpté.

BRUYN

(BARTHÉLEMY DE)

(HAARLEM, 1493-1556)

20 — *Portrait d'Homme tenant un livre.*

Il est représenté à mi-corps, tourné vers la gauche, une toque noire posée sur ses cheveux gris bouclés, vêtu d'un ample manteau de soie brochée sur un gilet rouge.

Bois. Haut., 42 cent.; larg., 32 cent.

Cadre en bois sculpté.

DAVID

(GÉRARD)

(OUDEWATER, 1460-1523)

21 — *Le Christ au Linceul.*

La Vierge en robe bleue, saint Jean vêtu de rose et la Madeleine en robe verte, sont agenouillés au pied de la croix, soutenant le corps du Christ posé sur un linceul.

Au premier plan, sur le sol, les instruments de la Passion et le vase à parfum. Dans le fond, la ville de Jérusalem en perspective.

Toile. Haut., 88 cent.; larg., 55 cent.

(*Exposition de la Toison-d'Or. Bruges, 1907.* N° 208 du Catalogue.)

COQUES

(GONZALÈS)

(ANVERS, 1618-1684)

22 — *Jeune Femme assise dans un paysage.*

Assise sur un tertre, les cheveux blonds bouclés, un collier de perles autour du cou ; elle est vêtue d'une robe blanche décolletée et tient étendu sur ses genoux un voile de gaze noire.

Toile. Haut., 32 cent.; larg., 26 cent.

Cadre en bois sculpté.

COQUES

(GONZALÈS)

23 — *Portrait d'Homme.*

Debout, à l'entrée d'un palais, une main sur la hanche tenant des gants, l'autre sur le dossier d'une chaise où son large chapeau de feutre est posé ; il est vêtu de noir et porte une longue perruque bouclée.

Bois. Haut., 42 cent.; larg., 30 cent.

Cadre en bois sculpté.

CRANACH

(LUC LUNDER, DIT)

(CRANACH, 1472-1553)

24 — *Portrait d'Homme.*

A mi-corps, les mains jointes, une bague à l'index, les cheveux bouclés, la barbe longue; il porte une toque noire et un vêtement de même couleur, recouvert d'une fourrure sur les épaules.

Fond bleu.

A droite, le monogramme.

On lit au bas du panneau sur une tablette blanche une inscription latine.

Bois. Haut., 18 cent.; larg., 14 cent.

DEELEN

(DIRK VAN)

(HEUSDEN, 1605-1671)

25 — *Le Concert.*

Des dames en riches atours, des gentilshommes coiffés de larges chapeaux de feutre sont réunis à l'intérieur d'un palais près de hautes fenêtres aux volets de bois. Les uns chantent tenant des partitions, d'autres jouent d'instruments à cordes. Dans le fond, une dame vue de dos tient l'orgue. Au centre, devant une cheminée monumentale, deux laquais vêtus de rouge préparent des rafraîchissements.

A droite, un couple fait son entrée avec solennité.

Important tableau de l'artiste.

Signé à gauche sur un pilastre et daté : *1632*.

Bois. Haut., 80 cent.; larg., 1 m. 8 cent.

DUBBELS

(HENRI)

(AMSTERDAM, 1620-1676)

26 — *L'Hiver en Hollande.*

Des personnages patinent ou se promènent en traîneau sur un canal glacé près de moulins à vent.

Gravé.

Bois. Haut., 3[illegible] cent.; larg., 31 cent.

Cadre en bois sculpté.

DU JARDIN

(KAREL)

(AMSTERDAM, 1622-1678)

27 — *Les Époux.*

Un couple vêtu de noir, se tenant par la main, est assis dans un parc sur un tertre.

Signé en toutes lettres.

Bois. Haut., 47 cent.; larg., 39 cent.

Cadre en bois sculpté.

EECKHOUT

(GÉRARD VAN DEN)

(AMSTERDAM, 1621-1674)

28 — *Abraham et Melchissédec.*

Le roi de Salem, accompagné de pages et d'un nègre portant un parasol, offre du pain et du vin. Devant lui, le butin du vainqueur des Élamites est étalé sur un tapis d'Orient.

A droite, Abraham en armure a posé un genou à terre. Derrière lui, une nombreuse armée.

Signé à droite en toutes lettres et daté : *1664.*

Toile. Haut., 58 cent.; larg., 81 cent.

Cadre en bois sculpté.

FAES

(PIERRE VAN DER, DIT LE CHEVALIER LELY)

(SOEST, EN WESTPHALIE, 1618-1680)

29 — *Portrait de la Duchesse de Bedford.*

En robe rose aux larges manches bouffantes, une écharpe grise drapée sur le corsage décolleté ; les cheveux blonds bouclés et pendant sur la nuque, elle est représentée à mi-corps, presque de face, les bras croisés.

Toile. Haut., 80 cent.; larg., 64 cent.

FYT

(JEAN)

(ANVERS, 1609-1661)

30 — *Chiens et Gibier.*

Un lièvre, des canards, une perdrix et divers oiseaux sont posés à terre, au premier plan, avec un fusil, sous la garde de deux chiens, l'un blanc taché de noir est couché au pied d'un arbre.

Toile. Haut., 1 m. 25 cent.; larg., 1 m. 72 cent.

GOES

(HUGO VAN DER)

(GAND, † 1482)

31 — *La Vierge et l'Enfant.*

La Vierge assise, les cheveux blonds séparés sur le front et pendant sur les épaules, un voile vert drapé sur elle, le corsage découvrant le sein, tient dans ses deux mains l'Enfant Jésus enveloppé d'un lange.

Les figures sont nimbées de rayons lumineux.

Bois. Haut., 40 cent., larg., 25 cent.

(*Exposition de la Toison d'Or. Bruges, 1907.* N° 191 du Catalogue.)

GOSSAERT

(JEAN, DIT JEAN DE MABUSE)

(MAUBEUGE, 1470 ?-1541)

32 — *Mars et Vénus.*

Mars, la main droite appuyée sur une corne d'abondance, incite Amour à blesser d'une flèche Vénus blonde debout, vêtue d'une aube blanche, qui commence à se laisser attendrir. Elle s'appuie sur un miroir encadré de bois à décor de bronze. Leurs figures se dessinent sur un fond d'architecture à socle, colonnes de marbre et décor de guirlandes et de têtes de bélier, de style Renaissance.

Bois. Haut., 45 cent.; larg., 45 cent.

Cadre en bois sculpté.

(*Collection Sir Charles Butler, Londres.*)

(*Exposition de la Toison d'Or, à Bruges.* N° 222 du Catalogue.)

GOSSAERT

(JEAN, DIT JEAN DE MABUSE)

33 — *La Vierge à la Pomme.*

La Vierge, en robe verte, coiffée de gaze, ornée d'un bijou d'orfèvrerie posé sur ses cheveux blonds, porte l'Enfant Jésus souriant et tenant une pomme.

Panneau en forme de losange.

Haut., 35 cent.; larg., 35 cent.

GOYEN

(JEAN VAN)

(LEYDE, 1596-1666)

34 — *Bords de rivière.*

Des bateaux à voiles et des barques suivent le cours d'une large rivière. Au premier plan, sur une berge, un troupeau de vaches, l'une est traite par une bergère assise ; à gauche, un bac portant une voiture attelée de deux chevaux et des passagers.

Dans le fond, une ville hollandaise dont les clochers s'élèvent sous un ciel nuageux.

Signé du monogramme et daté : *1649*.

Bois. Haut., 64 cent.; larg., 95 cent

Cadre en bois sculpté.

GOYEN

(JEAN VAN)

35 — *Une Rivière en Hollande.*

Une voiture attelée de quatre chevaux traverse, dans un bac, le cours d'eau où l'on remarque encore des barques et des bateaux à voiles. Au premier plan, des bœufs au repos ou à l'abreuvoir. Sur la rive opposée, une tour gothique s'élève au centre d'une ville entourée d'arbres.

Ciel nuageux.

Signé du monogramme et daté : *1648*.

Bois. Haut., 66 cent.; larg., 98 cent.

Cadre en bois sculpté.

GOYEN

(JEAN VAN)

36 — *Le Village fortifié.*

Une église s'élève à droite, protégée par une tour crénelée et dominant l'estuaire d'un fleuve animé de bateaux à voiles et de barques montées par de nombreux personnages. Au premier plan, deux pêcheurs manœuvrent un baquet et un cordage enroulé. Plus loin, un bateau accoste une digue en palissade.

Ciel nuageux légèrement doré par le soleil couchant.

Bois. Haut., 58 cent.; larg., 70 cent.

Cadre en bois sculpté.

HAAGEN

(JEAN VAN DER)

(LA HAYE, 1615-1669)

37 — *Vue de Hollande.*

Un château, construit sur une colline, domine une vallée où coule une rivière traversée par un bac. A gauche, sur une route, un berger poussant devant lui un troupeau de bœufs et de moutons ; à droite, une prairie avec des animaux au pâturage.

Fin et intéressant tableau.

Toile. Haut., 47 cent.; larg., 67 cent.

Cadre en bois sculpté.

HACKAERT

(JEAN VAN)

(AMSTERDAM, 1629-1699)

38 — *Le Gué.*

Des animaux traversent une rivière dans un site accidenté ; au centre, une construction avec tour.

On lit à droite les vestiges d'une signature et la date : *1666*.

Toile. Haut., 45 cent.; larg., 53 cent.

Cadre en bois sculpté.

HALS

(Atelier de FRANS)

39 — *Le Rommelpot.*

Un gai luron, vêtu de noir, ses larges manches de charlatan bordées de rouge, un chapeau mou au large bord loqueteux, enfoncé sur la tête et orné d'une queue de renard pendant sur le dos, le teint coloré, brillant, les yeux insinuants, les pommettes saillantes, la bouche édentée ouverte d'un éclat de rire, la barbe inculte, c'est le joueur de rommelpot faisant la joie des rues à la Saint-Nicolas.

De la main gauche, il tient, appuyé sur sa poitrine, un pot de grès fermé à l'orifice d'une peau tendue sur laquelle il fait grincer la baguette qu'il tient de la main droite.

Quatre gamins se pressent sur son passage : un jeune garçon, coiffé d'un large chapeau de feutre brun, lui tend une pièce de monnaie, un autre bambin regarde curieusement le rommelpot ; à gauche, une fillette coiffée d'un bonnet blanc sourit au spectateur. A droite, derrière le musicien, un homme coiffé d'une toque rouge tire la langue ; au fond, dans l'embrasure d'une porte, deux personnages.

Variante d'une célèbre composition.

Toile. Haut., 1 m. 8 cent.; larg., 90 cent.

Cadre en bois sculpté.

HÉDA

(GUILLAUME-NICOLAS)

(HAARLEM, 1594-1678)

40 — *Nature morte.*

Un vidrecome, des vases d'orfèvrerie, un hareng, un pain, des oignons sur des plats d'étain, un citron coupé et divers objets sont réunis sur une table couverte d'une nappe blanche.

Beau tableau, d'une tonalité claire et lumineuse.

Toile. Haut., 76 cent.; larg., 92 cent.

HÉDA

(GUILLAUME-NICOLAS)

41 — *Nature morte.*

Un plat de crevettes, des citrons, des prunes, un broc, une montre, des verres et un gobelet d'argent réunis sur une table couverte d'un tapis vert.

Signé en toutes lettres au coin d'une nappe.

Bois. Haut., 48 cent.; larg., 57 cent.

Cadre en bois sculpté.

ISENBRANT

(ADRIAAN)

(ÉCOLE FLAMANDE, XVIe SIÈCLE)

42 — *Saint Jérome.*

Le saint est représenté dans un paysage, au premier plan, en méditation devant la croix. Couvert d'une robe bleue, tête nue, agenouillé à terre, il se frappe la poitrine de la main droite. Près de lui, à gauche, le lion couché; à droite, un manteau rouge sur un arbuste.

Dans le fond, les constructions d'un village et une forteresse bâtie sur un rocher.

Bois. Haut., 85 cent.; larg., 67 cent.

Cadre en bois sculpté.

(*Exposition de la Toison-d'Or. Bruges, 1907.* N° 214 du Catalogue.)

JORDAENS

(JACOB)

(ANVERS, 1593 1678)

43 — *Le Joueur de flûte.*

Coiffé d'un bonnet rouge, vêtu d'une veste à manches bleues, il est représenté à mi-corps, tenant sa flûte des deux mains. Derrière lui, une femme souriant, posant une main sur l'épaule du musicien, et, au second plan, un homme levant les yeux au ciel.

On remarque, à droite, la tête d'un chien.

Toile. Haut., 1 m. 7 cent.; larg., 78 cent.

KALF

(GUILLAUME)

(AMSTERDAM, 1621-1693)

44 — *Le Hareng.*

Un hareng, sur un plat de Delft, est posé sur une table près d'une cafetière, d'une bouteille, d'un verre de vin, d'un pain et de divers objets.

Signé à droite du monogramme.

Toile. Haut., 50 cent.; larg., 42 cent.

KOFFERMANS

(MARCELLUS)

(ÉCOLE ALLEMANDE, XVIe SIÈCLE)

45 — *La Vierge, l'Enfant Jésus et deux Saintes.*

Assise devant un rideau rouge, la Vierge, couverte d'un manteau vert, porte l'Enfant Jésus sur ses genoux.

A droite, sainte Élisabeth de Hongrie et une autre sainte tenant un œillet.

Fond de paysage.

Bois. Haut., 27 cent.; larg., 22 cent.

KOFFERMANS

(MARCELLUS)

46 — *L'Adoration des Mages.*

Le panneau central représente la Vierge assise, portant l'Enfant Jésus adoré par deux Mages.

Deux autres Mages, portant des vases d'orfèvrerie, sont représentés sur les panneaux de droite et de gauche.

Triptyque.

Haut., 19 cent.; larg., 30 cent.

MAAS

(NICOLAS)

(DORDRECHT, 1632-1693)

47 — *Portrait de Jeune Femme.*

Debout dans un intérieur et accoudée sur une table couverte d'un tapis d'Orient; elle est tournée vers la gauche et tient un éventail à la main. Ses cheveux blonds bouclés, encadrant un visage souriant, sont ornés de bijoux et de chaînes de perles. Une écharpe verte est drapée sur sa robe blanche décolletée et laissant les bras demi-nus. Un rideau rouge est tendu sur le fond.

Très belle peinture largement exécutée et en bel état de conservation.

Toile. Haut., 1 m. 16 cent.; larg., 88 cent.

Cadre en bois sculpté.

MAAS

(NICOLAS)

48 — *La Fillette au Chevreuil.*

Une petite fille blonde, les cheveux bouclés, une écharpe rose drapée sur sa robe blanche, tenant une coquille à la main, est appuyée sur un chevreuil.

Signé en toutes lettres.

Toile. Haut., 58 cent.; larg., 49 cent.

Cadre en bois sculpté.

LE MAITRE DES DEMI-FIGURES

49 — *Jeune Femme écrivant.*

Dans un intérieur de style gothique, une jeune femme assise devant une table est en train d'écrire. Coiffée d'un bonnet noir, elle est vêtue d'une robe bleue décolletée à manches rouges.

Sur la table recouverte d'un tapis, on remarque une coupe en or, un encrier et d'autres accessoires.

A gauche, une fenêtre; à droite, sur le fond, on aperçoit une antichambre avec sa cheminée gothique.

Bois. Haut., 45 cent.; larg., 29 cent.

LE MAITRE DES DEMI-FIGURES AU PERROQUET

50 — *La Femme au Calice.*

Une jeune femme assise dans un intérieur devant une fenêtre, vêtue d'une robe de velours vert décolletée avec larges manches rouges, un voile de gaze posé sur ses cheveux blonds, tient un calice dont elle soulève le couvercle. Devant elle un livre est posé sur une table.

Le prototype de l'Œuvre du Maître se trouve dans une collection privée à Berlin.

Bois. Haut., 45 cent.; larg., 31 cent.

MAITRE DE LA MORT DE LA VIERGE

(ATTRIBUÉ AU)

51 — *Saint Jérome dans le désert.*

Il est agenouillé devant un crucifix accroché sur un arbre; près de lui un lion couché et un manteau rouge drapé sur un arbuste.

Sur le volet de droite, un donateur appuyé sur une épée.

Sur le volet de gauche, saint Pierre tenant un livre.

Fonds de paysages accidentés avec constructions et figures.

Les revers des volets sont décorés à l'orientale.

Triptyque.

Bois. Haut., 45 cent.; larg., 74 cent.

(*Exposition de la Toison d'Or, à Bruges en 1907.* N° 235 du Catalogue.)

MORO

(ANTONIO)

(UTRECHT, 1612-1678)

52 — *Portrait d'un Gentilhomme.*

En buste, la barbe blonde, il porte une chaîne d'or sur son pourpoint noir.

Bois. Haut., 42 cent.; larg., 31 cent.

NEER

(ART. VAN DER)

(AMSTERDAM, 1603-1677)

53 — *Le Village.*

Des maisons rustiques s'élèvent au bord d'une rivière marécageuse. Au premier plan, un grand arbre au tronc dépouillé. Dans le fond, un clocher. Effet de clair de lune.

Signé à gauche du monogramme.

Toile. Haut., 38 cent.; larg., 57 cent.

Cadre en bois sculpté.

NEER
(ART. VAN DER)

54 — *Bords de rivière au clair de lune.*

Une large rivière, sillonnée par des bateaux, traverse une ville dont les maisons s'élèvent à droite et à gauche.

Deux hommes sont arrêtés sur une route.

Signé en bas, à droite, en toutes lettres.

Toile. Haut., 47 cent.; larg., 63 cent.

Cadre en bois sculpté.

NEER
(ART. VAN DER)

55 — *Le Moulin à vent.*

Il s'élève au bord d'une rivière où l'on aperçoit un bateau à voiles et sur la rive, des maisons rustiques.

Effet de clair de lune.

Signé à gauche du monogramme.

Haut., 27 cent.; larg., 37 cent.

Cadre en bois sculpté.

NEER

(ART. VAN DER)

56 — *Pêcheurs au bord d'une rivière.*

Deux pêcheurs tirent un filet sur une rive. Vers le fond, un moulin à vent au centre d'un village.

Effet de clair de lune.

Signé du monogramme.

Bois. Haut., 15 cent.; larg., 24 cent.

Cadre en bois sculpté.

OCHTERVELT

(JACQUES)

(ÉCOLE HOLLANDAISE, XVIIe SIÈCLE)

57 — *La Partie de Musique.*

Dans un intérieur décoré d'une haute cheminée de pierre, une dame en robe noire ouverte sur une jupe de satin blanc est debout devant une table, une partition à la main.

Un gentilhomme couvert d'une robe de soie jaune est assis à droite, tenant un violoncelle. A gauche, un chien.

Toile. Haut., 78 cent.; larg., 68 cent.

Cadre en bois sculpté.

POORTER

(GUILLAUME DE)

(ÉCOLE HOLLANDAISE, XVIIe SIÈCLE)

58 — *Un Sacrifice à Diane.*

Composition à nombreux personnages.
Signée à droite et datée : *1635.*

Bois. Haut., 65 cent.; larg., 50 cent.

RAVESTEIN

(JEAN VAN)

(LA HAYE, 1572-1660)

59 — *Portrait de Jeune Femme.*

Debout, vue jusqu'aux genoux, légèrement tournée vers la droite, les cheveux bruns relevés sur le front, une large fraise rigide autour du cou; elle est vêtue d'une robe noire aux manchettes de guipure, et ornée sur la poitrine de boutons d'or. La main droite appuyée à la taille, l'autre main pendant sur la jupe ; elle porte des bracelets et des bagues d'orfèvrerie.

Très beau portrait d'une tonalité claire et harmonieuse.

En haut et à droite, on lit une inscription : *Aetatis, 39. Anno 1635.*

Bois. Haut., 1 m. 21 cent.; larg., 90 cent.

Cadre en bois sculpté.

RUBENS

(PIERRE-PAUL)

(SIEGEN, 1577-1640)

60 — *Le Consul Décius Mus racontant son rêve à ses officiers.*

Debout sur un socle, le consul romain, le manteau de poupre sur son armure, harangue ses lieutenants avant le combat. Au premier plan, l'un de ceux-ci, le dos couvert d'une peau de tigre, tient l'Enseigne où s'inscrit le cartouche du Sénat et du peuple romain. Il est vu la tête tournée de profil, à gauche ; devant lui, celui qui porte l'Enseigne à l'aigle est vu de face, en armure. Derrière ces deux figures, les autres hommes, la tête casquée, portent « l'Enseigne à la main » et écoutent attentivement la parole du chef. Leurs figures se dessinent, fortes et accentuées, sur le fond d'un ciel bleu. Au pied du socle qui leur sert de tribune, le chef a déposé son bouclier et son casque à cimier de plumes blanches.

Bois. Haut., 82 cent.; larg., 71 cent.

Cadre en bois sculpté.

Esquisse du grand tableau de la galerie du prince Lichtenstein, à Vienne.

Gravé par André et Joseph Schmuyer.

Cité dans Max Rooses, t. III, p. 196.

(*Collection Randon de Boisset, Paris, 1777.*)

RUISDAEL

(JACOB)

(HAARLEM, 1628-1682)

61 — *Le Moulin.*

Un moulin, actionné à la fois par le vent et par l'eau, occupe la droite de la composition. Une hutte en planches est construite au bord de la rivière, devant un bouquet d'arbres. A gauche, un homme en veste rouge traverse une passerelle de bois.

On remarque, au premier plan, des palissades et des troncs d'arbres ; vers le fond, des collines.

Signé à gauche du monogramme.

Bois. Haut., 60 cent.; larg., 82 cent.

Cadre en bois sculpté.

RUISDAEL

(SALOMON)

(HAARLEM, 1600?-1670)

62 — *Vue de Hollande.*

Sur un large cours d'eau, des pêcheurs montent diverses embarcations. A gauche, un bateau à voile tire un filet. A droite, un château s'élève sur une rive boisée.

Vaste horizon, avec effet de soleil couchant.

Signé et daté : *1643.*

Bois. Haut., 50 cent.; larg., 68 cent.

Cadre en bois sculpté.

RUISDAEL

(SALOMON)

63 — *Chasseurs au bord d'une rivière.*

Des chasseurs montés dans des barques suivent une rive boisée. Au centre, l'un d'eux, à l'avant de son bateau, épaule une canardière.

Signé du monogramme et daté : *1633*.

Bois. Haut., 28 cent.; larg., 39 cent.

Cadre en bois sculpté.

RUISDAEL

(JACOB-SALOMONSZOON)

(HAARLEM, 1630-1681)

64 — *Troupeau au bord d'un cours d'eau.*

Un troupeau de bœufs et de moutons, poussé par deux bergers sur une route à la sortie d'un bois, s'approche d'une rivière qui coule à gauche bordant une éminence où l'on remarque une tour et des murs en ruines. Ciel nuageux.

Signé du monogramme et daté : *1665*.

Bois. Haut., 84 cent.; larg., 1 m. 15 cent.

(*Collection de Lady O. Schaw Stewart.*)

SON

(JEAN VAN)

(TOURNAI, 1668-1718)

65 — *Fruits et Objets divers.*

Un compotier de fruits dans un panier d'osier, une écrevisse et des huîtres sur un plat, un citron pelé, un vase d'orfèvrerie, une salière, des noix, le tout sur une table couverte d'un tapis vert.

Bois. Haut., 42 cent.; larg., 60 cent.

Cadre en bois sculpté.

STEEN

(JEAN)

(LEYDE, 1626-1679)

66 — *La Joyeuse Compagnie.*

De nombreux personnages sont réunis dans un intérieur. Au centre, près d'un joueur de cornemuse, une femme assise, en robe jaune et corsage bleu, tient un verre de vin rouge.

A droite, un soldat, debout derrière une femme endormie, montre du doigt les huîtres qu'un valet ramasse sur le sol.

A gauche, un homme à terre vide une bouteille dans son verre. Vers le fond, un couple fait une partie de jacquet et d'autres personnages complètent cette brillante composition.

Toile. Haut., 78 cent.; larg., 99 cent.

Cadre en bois sculpté.

STEEN

(JEAN)

67 — *Le Libertin.*

Il est assis devant une auberge, tenant un violon et entouré d'une joyeuse compagnie. A droite, une femme prend une pièce de monnaie dans l'escarcelle du gai viveur.

Signé à droite.

Bois. Haut., 45 cent.; larg., 34 cent.

Cadre en bois sculpté.

TENIERS

(DAVID)

(ANVERS, 1610-1690)

68 — *Les Pêcheurs.*

Des pêcheurs sont réunis autour d'une table, devant une auberge; l'un d'eux, coiffé d'une toque rouge et tenant un grand verre, a posé une main sur le dos d'un fumeur au large chapeau de feutre. Dans l'embrasure d'une porte, une femme se présente, portant un plat. Des ustensiles de ménage sont groupés au premier plan.

A droite, une rivière coule devant un monticule dominé par un château fort. Plusieurs hommes tirent des filets.

Important tableau.

Toile. Haut., 1 m. 15 cent.; larg., 1 m. 95 cent.

Cadre en bois sculpté.

TENIERS

(DAVID)

69 — *L'Alchimiste.*

Assis devant un fourneau, il tient un soufflet ; des livres et des instruments de travail sont groupés sur le sol ou sur des tablettes. Dans le fond, près d'une porte, deux hommes, l'un assis, l'autre debout, préparent une opération.

Signé à droite et daté : *1645*, sur un dessin fixé au mur.

Bois. Haut., 39 cent.; larg., 57 cent.

Cadre en bois sculpté.

TENIERS

(DAVID)

70 — *Intérieur de Corps de garde.*

Au premier plan, un officier dépose une épée près d'un trophée d'armes. Signé.

Bois. Haut., 37 cent.; larg., 28 cent.

Cadre en bois sculpté.

VAN DYCK

(ATTRIBUÉ A ANTOINE)

71 — *La Vierge et l'Enfant Jésus.*

La Vierge en robe rouge et manteau bleu, les cheveux épars, lève les yeux au ciel en soutenant l'Enfant Jésus debout sur un banc de pierre.

Toile. Haut., 1 m. 25 cent.; larg., 96 cent.

VELDE

(GUILLAUME VAN DE)

(AMSTERDAM, 1633-1707)

72 — *La Plage de Scheveningue.*

Une foule de personnages animent la plage à marée basse. Des bateaux de pêche sont échoués sur le sable, d'autres barques voguent au large. Des marins et des femmes déchargent du poisson. Au centre, sur un monticule, un gentilhomme coiffé d'un large chapeau de feutre est vu de dos. Vers la droite, au-delà d'un chemin creux, le clocher d'une église domine les dunes qui se perdent à l'horizon.

Signé à gauche sur un morceau de bois.

Toile. Haut., 96 cent.; larg., 1 m. 30 cent.

Cadre en bois sculpté.

VELDE

(GUILLAUME VAN DE)

73 — *Marine par un temps calme.*

Des bateaux de pêche aux voiles flottantes attendent le vent au large d'une mer calme.

Signé et daté : *1655.*

Bois. Haut., 37 cent.; larg., 49 cent.

Cadre en bois sculpté.

VERSPRONK

(JEAN-CORNÉLIS)

(HAARLEM, 1597-1662)

74 — *Portrait d'une Dame de qualité.*

Vue jusqu'aux genoux, presque de face, en robe de soie noire à large jupe plissée bouffant autour de la taille, ouverte sur un corselet de brocart, elle est parée d'un bonnet, d'un col et de manchettes de guipure, de bijoux, d'orfèvrerie, et tient un éventail de la main droite.

Toile. Haut., 1 m. 7 cent.; larg., 67 cent.

VOS

(CORNÉLIS DE)

(HULST, 1585-1651)

75 — *Portrait de Jeune Femme.*

Elle est représentée dans la campagne à mi-corps, tournée vers la droite, assise sur une chaise, tenant un manuscrit.

Les cheveux blonds relevés sur le front, une large fraise rigide autour du cou, elle est vêtue d'une robe de soie noire ornée de manchettes de dentelle avec une rose au corsage et porte un bracelet d'orfèvrerie.

A droite, un buisson fleuri. Fond de ciel.

Beau et charmant portrait du maître.

Toile. Haut., 76 cent.; larg., 58 cent.

Cadre en bois sculpté.

WEYDEN

(ATTRIBUÉ A ROGER VAN DER)

76 — *Le Christ déposé de la Croix.*

La Vierge, assise au pied de la croix, porte sur ses genoux le corps de son divin fils. A gauche, saint Jean, debout, soutient la tête du Sauveur; à droite, sainte Marie-Madeleine en prière, Joseph d'Arimathie et Nicodème.

Fond de paysage.

Bois. Haut., 95 cent.; larg., 70 cent.

WOUWERMAN

(PHILIPPE)

(HAARLEM, 1619-1668)

77 — *La Promenade à cheval.*

Un officier, coiffé d'un chapeau orné de plumes bleues, monté sur un cheval blanc, accompagne une dame montée sur un cheval alezan.

Des hommes d'armes les escortent.

Signé à gauche du monogramme.

Bois. Haut., 41 cent.; larg., 35 cent.

Cadre en bois sculpté.

ÉCOLE HOLLANDAISE

(XVIIe SIÈCLE)

78 — *Portrait de Jeune Homme.*

A mi-corps, légèrement tourné vers la droite, les cheveux courts, imberbe, une fraise souple autour du cou, en pourpoint de soie noire et manteau de même couleur. Ses mains croisées sont couvertes de gants de peau gris.

En haut, à droite, le monogramme *V-H* et la date : *1653*.

Toile. Haut., 73 cent.; larg., 61 cent.

ÉCOLE FRANÇAISE

BEAUFORT

(JACQUES-ANTOINE)

(PARIS, 1721-1784)

79 — *La Mort d'un Philosophe.*

Esquisse.

Bois. Haut., 20 cent.; larg., 18 cent.

BOUCHER

(FRANÇOIS)

(PARIS, 1703-1770)

80 — *La Petite Jardinière.*

Dans la campagne, une jeune fille coiffée d'un fichu blanc, vêtue d'une robe jaune relevée sur un jupon de mousseline, tient des fruits dans son tablier. Près d'elle, un panier de fleurs. Au fond, une construction de forme circulaire couverte de tuiles rouges.

Modèle pour la Manufacture de Beauvais.

Bois. Haut., 54 cent.; larg., 46 cent.

Cadre en bois sculpté.

BOUCHER

(Attribué a FRANÇOIS)

81 — *Vénus et l'Amour.*

La déesse est étendue sur un lit couvert d'étoffes blanches et bleues. L'Amour est endormi près d'elle. Au fond, et à gauche, un carquois posé sur des coussins.

Toile. Haut., 54 cent.; larg., 76 cent.

Cadre en bois sculpté.

BOUCHER

(École de FRANÇOIS)

(SUITE DE QUATRE DESSUS DE PORTES)

82 — *Le Tir à l'arc.*

Des enfants nus sont réunis dans un paysage ; l'un d'eux, tenant un arc, vient de tirer une flèche dans un arbre. Un autre, assis sur une écharpe rouge, est appuyé sur une cage.

83 — *La Bascule.*

Cinq enfants nus jouent sur un arbre mort, mis en bascule sur un rocher.

84 — *La Pêche.*

Des enfants pêchent au bord d'un cours d'eau ; l'un tient une ligne, l'autre tire un filet, un troisième joue avec un poisson.

85 — *La Vendange.*

Des enfants entourent une chèvre ; deux d'entre eux sont montés sur son dos, deux autres tirent une branche de pampre passée autour du cou de l'animal.

Toiles de forme ovale.

Haut., 82 cent.; larg., 1 m. 30 cent.

Cadres en bois sculpté.

BOUCHER

(École de FRANÇOIS)

86 — *Le Printemps.*

A droite, devant une fontaine, un berger, assis sur une margelle, orne de fleurs les cheveux de sa compagne. La jeune femme est assise à terre, vêtue d'un corsage bleu et d'une jupe jaune rayée.

Au second plan, une autre jeune femme tient une couronne, regardant un jeune homme montant sur un arbre.

Au premier plan, des moutons. Dans le fond, un moulin.

Beau panneau décoratif.

Toile. Haut., 1 m. 5 cent.; larg., 1 m. 50 cent.

Cadre en bois sculpté.

BOUCHER

(École de FRANÇOIS)

87 — *La Femme au manchon.*

Coiffée d'une mantille noire nouée sous le menton, couverte d'un manteau de soie marron à deux pèlerines bleue et rouge, les mains dans un manchon de fourrure, elle est vue à mi-corps, le buste incliné en avant et regardant le spectateur.

Toile. Haut., 70 cent.; larg., 64 cent.

Cadre en bois sculpté.

CHARDIN

(Attribués a SIMÉON)

(deux pendants)

88 — *Tables de cuisine.*

Sur l'une on remarque :

Des œufs, des pêches, un melon, des artichauts, un cornichon et un oignon.

Sur l'autre :

Des pêches et des poires dans un plat de faïence, un couteau et un fruit pelé.

Toiles. Haut., 30 cent.; larg., 38 cent.

CHARDIN

(Attribué a SIMÉON)

89 — *Fruits sur une marche de pierre.*

Des poires, une pomme, des châtaignes et deux grains de raisins.

Toile. Haut., 31 cent.; larg., 39 cent.

Cadre en bois sculpté.

CORNEILLE DE LYON

(CLAUDE)

(ÉCOLE FRANÇAISE, XVIe SIÈCLE)

90 — *Buste d'Homme.*

Les cheveux rares, la barbe longue pendant sur la poitrine; il porte un large col rabattu sur un vêtement de soie violet galonné d'or.

Fond bleu.

Panneau de forme ronde.

Diam., 14 cent.

DELYEN

(JEAN-FRANÇOIS)

(GAND, 1684-1761)

91 — *Portrait de Jeune Femme.*

En corsage blanc brodé d'or, robe rouge ouverte sur la poitrine, les cheveux relevés, légèrement poudrés et tombant en longues boucles sur l'épaule ; elle est vue jusqu'à la ceinture, le visage souriant au spectateur.

Toile de forme ovale.

Haut., 82 cent.; larg., 64 cent.

Cadre en bois sculpté.

EISEN

(CHARLES)

(VALENCIENNES, 1720-1778)

(DEUX PENDANTS)

92 — *Des Amours.*

Ils sont portés sur des nuages, assis ou étendus sur des étoffes, jouant avec des flèches.

Toiles de forme ronde.

Diam., 40 cent.

GELÉE

(Attribué a CLAUDE, Dit LE LORRAIN)

93 — *Paysage historique.*

Des monts escarpés entourent une baie où l'on remarque quelques bateaux ; des temples à colonnade s'élèvent au centre. Au premier plan, trois personnages mythologiques.

Effet de soleil couchant.

Toile. Haut., 1 m. 2 cent.; larg., 1 m. 32 cent.

Cadre en bois sculpté.

JOLLAIN

(NICOLAS-RENÉ)

(PARIS, 1732-1791?)

94 — *La Musique.*

Elle est représentée par la Muse Euterpe étendue sur un nuage, tenant un tambourin, et deux amours, l'un jouant des cymbales et l'autre soufflant dans une clarinette.

Toile. Haut., 65 cent.; larg., 1 m. 24 cent.

LARGILLIÈRE

(NICOLAS DE)

(PARIS, 1656-1746)

95 — *Portrait de Jeune Femme.*

Vue de face, à mi-corps, en robe de satin blanc et manteau de soie bleu, les cheveux poudrés et bouclés. De la main gauche, relevée à la hauteur de l'épaule, elle tient, au bout d'un ruban rose, un bouquet de fleurs.

Fond de parc.

On lisait derrière la toile avant un récent rentoilage : ***Peint par N. de Largillière, 1735.***

Toile. Haut., 80 cent.; larg., 63 cent.

Cadre en bois sculpté.

LARGILLIÈRE

(NICOLAS DE)

96 — *Portrait de Femme.*

Debout dans un intérieur, en robe bleue décolletée, à larges manches, des œillets dans ses cheveux poudrés, elle est accoudée sur une console où est posé un vase de fleurs, tenant une rose de la main droite et relevant de la main gauche un pli de sa jupe.

Un rideau jaune est drapé sur le fond.

Toile. Haut., 82 cent.; larg., 65 cent.

LARGILLIÈRE

(NICOLAS DE)

97 — *Portrait de Femme.*

Représentée à mi-corps, presque de face, les cheveux bouclés et relevés sur le front, en corsage de satin blanc brodé d'or et manteau bleu doublé de brocart.

Fond de paysage avec colonnade.

Toile de forme ovale. Haut., 82 cent.; larg., 64 cent.

Cadre en bois sculpté.

LARGILLIÈRE

(NICOLAS DE)

98 — *Portrait d'un Acteur en Apollon.*

Vu de face, à mi-corps, perruque poudrée, couronné de lauriers, il porte un manteau rouge et appuie sa main droite sur une lyre.

Dans le fond, Pégase sur un rocher.

Belle peinture du maître.

Toile. Haut., 83 cent.; larg., 66 cent.

Cadre en bois sculpté.

LÉPICIÉ

(NICOLAS-BERNARD)

(PARIS, 1735-1784)

99 — *Le Garde-Chasse.*

Debout, sur le seuil d'une grange, un manteau gris couvrant sa veste verte, son fusil sous le bras et son carnier pendant sur le côté, il donne la main à un petit garcon souriant, qui coiffe un chien du chapeau du garde.

Signé et daté : *1780.*

Toile. Haut., 31 cent.; larg., 24 cent.

NATTIER

(ÉCOLE DE JEAN-MARC)

100 — *Portrait de Jeune Femme en Madeleine.*

Étendue sous une grotte, le bras gauche accoudé sur un rocher, les cheveux épars, elle est vêtue de blanc et tient sur ses genoux un livre ouvert.

Toile. Haut., 64 cent.; larg., 80 cent.

Cadre en bois sculpté.

NATTIER

(ÉCOLE DE JEAN-MARC)

101 — *Portrait présumé de la Duchesse de Châteauroux.*

Elle est représentée en Hébé, assise sur un nuage, une écharpe bleue drapée sur sa robe blanche, tenant une aiguière et une coupe.

A droite, l'aigle emblématique.

Toile. Haut., 90 cent.; larg., 72 cent.

Cadre en bois sculpté.

PATER

(JEAN-BAPTISTE-JOSEPH)

(VALENCIENNES, 1696-1756)

102 — *La Chiromancienne.*

La chiromancienne qui connaît le passé, le présent et l'avenir par les lignes de la main, s'est présentée au château, et, sur la terrasse devant une colonnade qui surgit à gauche, elle va exercer son petit commerce. Elle est descendue de son âne qu'un conducteur tient en main, tandis qu'un bambin, pieds nus, en vêtements fripés, danse en jouant du tambour de basque.

La chiromancienne, rousse, en costume bleu, gilet décolleté à épaulettes marron et chemise blanche, est vue de profil et tient la main gauche, la paume en dessus, d'une belle jeunesse vêtue de satin bleu et de soie rose avec nœud bleu, qui se soumet, non sans quelque scepticisme, à l'expérience ; elle appuie sa main droite à la hanche et incline la tête vers l'épaule droite avec une insolence qui n'est peut-être pas dépourvue de crainte. Derrière, dans l'ombre, une compagne assiste à la consultation.

A gauche, un galant vètu en mezzotin assis, vu de dos, sollicite une belle en costume rouge à taillades sur un dessous blanc et coiffée d'un chapeau de paille, de consulter, elle aussi, la chiromancienne.

Du même côté, au fond, entre deux colonnes, deux personnages assistent en curieux à la scène.

A droite, au fond, dans l'écartement des branches feuillues, on voit une campagne ensoleillée sous un ciel bleu paré de nuages blancs.

Toile. Haut., 33 cent.; larg., 43 cent.

PIERRE

(JEAN-BAPTISTE-MARIE)

(PARIS, 1713-1789)

103 — *La Villageoise endormie.*

Une jeune femme en corsage rose décolleté sur une chemise blanche aux manches bouffantes, coiffée d'un large chapeau de feutre, s'est endormie, la tête inclinée en arrière et accoudée sur un panier de légumes.

Fond de ciel.

Très belle peinture, d'un coloris brillant et délicat.

Toile. Haut., 78 cent.; larg., 62 cent.

Cadre en bois sculpté.

RIGAUD

(HYACINTHE)

(PERPIGNAN, 1659-1743)

104 — *Portrait d'un Architecte.*

En longue perruque bouclée, manteau bleu sur un habit brodé d'or, ouvert sur une chemise de dentelle; il est vu à mi-corps, assis devant une table de travail où l'on remarque des plans et des livres traitant de perspective.

Toile. Haut., 80 cent.; larg., 62 cent.

Cadre en bois sculpté.

ROBERT

(HUBERT)

(PARIS, 1733-1806)

105 — *Paysage avec ruines.*

Devant les ruines d'un temple à colonnade, plusieurs personnages se reposent.

Une femme en robe rouge, tenant un petit garçon; un homme, couvert d'un manteau blanc, entretenant une jeune fille assise sur un mur de pierre. A gauche, un arbre ébranché; vers le fond, un cours d'eau, puis une cascade et deux personnages dans le lointain.

Beau tableau de l'artiste en bel état de conservation.

Signé au centre et daté : *1798*.

Toile. Haut., 62 cent.; larg., 88 cent.

Cadre en bois sculpté.

ROBERT

(HUBERT)

106 — *Portrait présumé de la Fille de Fragonard.*

En buste, la tête tournée vers la droite, les cheveux relevés et bouclés, un ruban noir autour du cou, elle porte un corsage de soie gorge de pigeon, décolleté et orné d'une ruche de mousseline.

Toile de forme ovale.

Haut., 50 cent.; larg., 40 cent.

Cadre en bois sculpté.

SCHALL

(ÉCOLE FRANÇAISE, XVIIIe SIÈCLE)

107 — *La Danseuse.*

Coiffée d'un grand chapeau à plumes blanches sur une haute coiffure bouclée, vêtue d'une robe rose décolletée à paniers de mousseline, les bras tendus et tenant au bout des doigts une guirlande de fleurs accrochée à son corsage, elle danse dans un parc sur une terrasse.

Dans le fond, au pied d'une statue, un couple enlacé.

Toile. Haut., 41 cent.; larg., 34 cent.

TARAVAL

(HUGUES)

(PARIS, 1728-1785)

108 — *Le Repos de Diane.*

La déesse est mollement étendue sur un nuage, légèrement drapée de mousseline blanche, le bras droit accoudé soutenant de la main sa tête blonde aux yeux clos.

A droite, deux amours enguirlandés de fleurs jouent avec une colombe. A gauche, un autre amour tient une torche enflammée.

Dans le fond, un quatrième amour retient une draperie rose sur laquelle luit le croissant de Diane.

Toile. Haut., 88 cent.; larg., 1 m. 15 cent.

Cadre en bois sculpté.

TOCQUÉ

(LOUIS)

(PARIS, 1691-1772)

109 — *Portrait d'un Gentilhomme.*

A mi-corps, presque de face, perruque poudrée, un ruban noir autour du cou noué sous le menton, habit gris soutaché d'or, manteau rouge drapé autour de la taille.

Fond de paysage.

Toile. Haut., 80 cent.; larg., 64 cent.

Cadre en bois sculpté.

VALLAYER-COSTER

(MADAME ANNE)

(PARIS, 1744-1818)

110 — *Portrait presumé de l'Artiste.*

En robe et chapeau noirs, un bouquet de fleurs à son corsage; elle est assise sur une chaise, dessinant un pastel posé sur un chevalet.

Toile. Haut., 43 cent.; larg., 32 cent.

VAN LOO

(LOUIS-MICHEL)

(TOULON, 1707-1771)

111 — *Portrait de Jeune Femme.*

En buste, le visage tourné vers la gauche, les cheveux poudrés et bouclés ornés de roses blanches, un collier de perles autour du cou; elle porte un corsage décolleté en soie vert d'eau, garni de rubans mauves.

Charmant portrait, signé en toutes lettres et daté : *1764*.

Toile. Haut., 58 cent.; larg., 48 cent.

Cadre en bois sculpté.

VAN LOO

(LOUIS-MICHEL)

(PENDANT DU PRÉCÉDENT)

112 — *Portrait de Jeune Femme.*

En buste, le visage souriant tourné vers la droite, les cheveux poudrés et bouclés, en corsage blanc orné de rubans roses ; elle est parée de chaînes de perles.

Toile. Haut., 58 cent.; larg., 48 cent.

Cadre en bois sculpté.

VAN LOO

(CHARLES-ANDRÉ, DIT CARLE)

(NICE, 1705-1765)

113 — *Portrait de Jeune Femme.*

Le visage souriant, la tête légèrement inclinée vers la gauche, elle est représentée à mi-corps, en corsage bleu, une ruche autour du cou, des fleurs et une chaîne de perles dans ses cheveux bouclés et poudrés.

Pastel.

Haut., 60 cent.; larg., 48 cent.

ÉCOLE FRANÇAISE

114 — *Le Repos dans le parc.*

Des dames et des gentilshommes sont réunis dans un parc où l'on remarque un lion de pierre couché sur un socle. Au centre, un jeune homme vêtu de jaune est étendu sur l'herbe, près d'une dame en corsage rouge et jupe blanche.

Toile. Haut., 72 cent.; larg., 1 mètre.

Cadre en bois sculpté.

ÉCOLES ITALIENNE ET ESPAGNOLE

BASSANO

(FRANCESCA DA PONTE, DIT IL)

(BASSANO, 1548-1592)

115 — *Portrait d'un Seigneur vénitien.*

Les cheveux gris, la barbe longue, il est vu jusqu'aux genoux en armure damasquinée, tenant le bâton de commandement.

On remarque sur le fond, à gauche, un bouclier décoré d'armoiries et à droite une inscription ancienne.

Toile. Haut., 1 m. 35 cent.; larg., 1 m. 12 cent

Cadre en bois sculpté.

CANALETTO

(ANTONIO-CANALE, DIT IL)

(VENISE, 1697-1768)

116 — *Le Quai des Esclavons, à Venise.*

Des gondoles et des bateaux marchands animent le grand canal qui s'étend au premier plan. Au centre, le palais des Doges : à droite, la Piazetta et la Bibliothèque dominée vers le fond par le campanile.

Toile. Haut., 90 cent.; larg., 1 m. 34 cent.

FRANCESCA

(ATTRIBUÉ A PIERO DELLA, DIT PIERRE BORGHESE)

117 — *Portrait de Lionel d'Este.*

A mi-corps, de profil à gauche, une large toque rouge sur ses cheveux bouclés et tombant sur la nuque, il porte un vêtement de soie rouge broché d'or et bordé de fourrure.

Toile. Haut., 60 cent.; larg., 48 cent.

GOYA Y LUCIENTÈS

(FRANCESCO)

(FUENTE DE TODOS, 1746-1828)

118 — *Scène de Carnaval.*

De nombreux personnages, costumés et masqués, s'agitent devant un château-fort. Au centre, un homme en blanc, coiffé d'une sorte de mitre, fait vis-à-vis à un abbé drapé dans un manteau jaune. A gauche, la foule passe sous une voûte éclairée d'un vif rayon de lumière.

Ciel nuageux.

Cité et reproduit dans *l'Œuvre de Goya*, par LAFOND, page 6.

Toile. Haut., 83 cent.; larg., 1 m. 2 cent.

(*Collection Cherfils.*)

(*Collection Stchouckine.*)

GOYA Y LUCIENTÈS

(FRANCESCO)

119 — *Le Retour du marché en Andalousie.*

Une foule de personnages, des cavaliers, des femmes montées sur des ânes, se pressent devant une auberge.

Esquisse.

Toile. Haut., 26 cent.; larg., 60 cent.

GUARDI

(FRANCESCO)

(VENISE, 1712-1793)

120 — *Le Pont du Rialto.*

Il occupe le centre de la composition. Des étoffes aux vives couleurs pendent des éventaires. Des gondoles et des bateaux marchands, montés par de nombreux personnages, animent le grand canal.

Toile. Haut., 24 cent.; larg., 36 cent.

GUARDI

(FRANCESCO)

121 — *Vue des Environs de Venise.*

Une vieille tour, couverte d'un toit de tuiles, domine un village construit sur une éminence.

Au premier plan, des personnages. Dans le fond, la mer.

Toile. Haut., 54 cent.; larg., 42 cent.

Cadre en bois sculpté.

MORONI

(JEAN-BAPTISTE)

(ALBINO, 1520-1572)

122 — *Portrait d'un Chevalier de Malte.*

Il est vu à mi-corps, vêtu de noir, une fraise autour du cou, tenant de la main droite son chapeau et un mouchoir, et soutenant de la main gauche la croix qui pend sur sa poitrine. Une autre croix d'étoffe blanche est appliquée sur son manteau.

Toile. Haut., 1 m. 6 cent.; larg., 88 cent.

Cadre en bois sculpté.

POLLAIOLO

(ATTRIBUÉ A ANTONIO)

123 — *Tobie et l'Ange.*

Tobie est représenté sous les traits d'un jeune homme florentin portant un poisson, donnant le bras à l'Ange vêtu de riches étoffes de velours et de brocart et paré d'ailes en plumes de paon.

A gauche, saint François d'Assise.

Fond de paysage accidenté, traversé par un cours d'eau.

Peinture rehaussée d'or.

Bois. Haut., 1 m. 65 cent.; larg., 1 m. 40 cent.

Cadre en bois sculpté.

TIEPOLO

(DOMINIQUE)

(VENISE, 1776-1795)

124 — *La Vierge, l'Enfant Jésus et des Saints personnages.*

La Vierge est assise sur un trône, la main droite appuyée sur l'Enfant Jésus debout sur un coussin ; derrière elle, saint Ignace de Loyola en adoration.

A gauche, saint Pierre ; à droite, un ange tenant un rosaire et un enfant couché.

Toile cintrée dans la partie supérieure.

Haut., 60 cent.; larg., 38 cent.

Cadre en bois sculpté.

ÉCOLE FLORENTINE

125 — *La Madone à la grenade.*

La Vierge, assise dans une niche de marbre, porte sur ses genoux l'Enfant Jésus tenant une grenade. Dans la partie supérieure et sur un fond de paysage, le Christ est représenté en croix entre deux saints en prières.

Les figures sont nimbées d'or.

Panneau cintré dans la partie supérieure.

Haut., 75 cent.; larg., 42 cent.

www.ingramcontent.com/pod-product-compliance
Ingram Content Group UK Ltd.
Pitfield, Milton Keynes, MK11 3LW, UK
UKHW021634260726
13994UKWH00003B/1188

9 782329 371283